Un Dragon Ne Se Repose Jamais

Écrit par **Stéphanie Barrett**
Illustré par **Taryn Dufault**

www.AlfieAndFriends.com

ISBN-10: 1481803042

ISBN-13: 978-1481803045

Sommaire: Un enfant mange un sandwich avec une moutarde si épicée qu'il se transforme en dragon et passe le reste de a journée dans une aventure magique de dragons.

Un livre illustré de la série: Sandwich d'Alfie

www.AlfieAndFriends.com

Hé! Salut toi! Ça va?

Moi? Ça va très bien!

Quoi de neuf?

Eh bien, il m'est arrivé quelque chose de particulier l'autre jour … tu as une minute? Oui?

Génial! Alors laisse-moi te raconter une petite histoire …

Il y a quelques jours, je jouais avec mon petit train, j'avais presque terminé d'assembler mon plus beau circuit, avec toutes sortes de virages, d'entrelacs et même un pont par-dessus l'eau lorsque j'ai entendu ma mère qui m'appelait depuis la cuisine.

«Alfie!» s'écriait-elle. «Le déjeuner est prêt, va te laver les mains et viens manger.»

Pendant que je lavais mes mains, j'ai aperçu un petit pot bizarre à côté de l'évier. Sur l'étiquette on pouvait lire:

[la Fameuse Moutarde de Feu Finnegan]

Avec une illustration d'un gros dragon vert aux écailles avec de la fumée qui sortait de ses grandes narines vertes. La moutarde dans le petit pot était d'un jaune pale.

Je me suis assis à la table devant mon sandwich jambon-fromage et j'ai entrevu une couche épaisse de cette moutarde qui dépassait d'entre les deux tranches de pain de mie … La Fameuse Moutarde de Feu Finnegan!

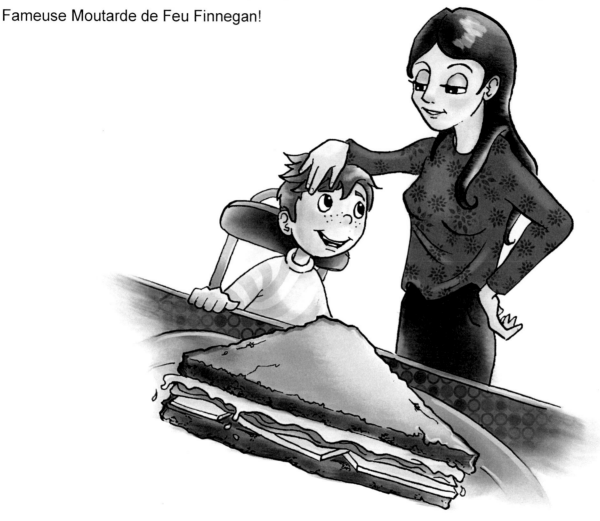

«Mâche bien tes bouchées», m'a dit maman, «et si tu finis ton sandwich, tu peux avoir un biscuit au chocolat quand ils sortent du four.»

«Avec du lait?» lui demandais-je, plein d'espoir.

«Avec du lait», a-t-elle dit avec un sourire, puis elle a ajouté, «Je dois passer un petit coup de fil, mais je reviens tout de suite.» Puis elle s'en est allée dans le salon.

J'ai pris mon sandwich, j'avais tellement faim! J'en ai pris un bouchée gloutonne … et c'est quand je l'ai senti: une sensation épicée brulante qui me remontait dans les narines et venait se caler sous mes yeux. Comme quand on boit trop d'une boisson gazeuse et que ça fait piquer les yeux et le nez, Ça t'est déjà arrivé?

Bref, c'est là que toute l'aventure a commencé! Je pris une grande bouffée d'air dans mes poumons, mais ce n'était pas que de l'air qui ai sorti quand j'ai expiré … il y avait aussi de la fumée! Des petites colonnes de fumée grise tourbillonnantes s'échappaient de mes narines, comme celles du Dragon sur le pot de la Fameuse Moutarde de Feu Finnegan!

Puis c'est arrivé — ça n'était pas plus mal que ma maman soit dans le salon, elle se serait probablement évanouie si elle m'avait vu roter, car j'ai roté des FLAMMES! Les flammes se sont s'échappées de ma bouche et ont grillé le haut de mon sandwich.

Bientôt, le carrelage noir et blanc de la cuisine a commencé rapidement à verdir, des touffes d'herbe ont commencé à en sortir. De grosses branches se sont mises à pousser à travers les portes des placards et des pieds en bois des meubles, grinçant, faisant tomber la vaisselle partout qui éclatait en mille morceaux sur le sol. Les branches ont poussé et poussé jusqu'à ce qu'elles deviennent de grands arbres faisant de gros trous dans le toit de la maison, laissant paraitre les lueurs du soleil dans la cuisine.

Des vignes feuillues se sont mises à couvrir toutes les surfaces, dévorant les ustensiles de cuisine et engouffrant les meubles restants dans leur verdure impénétrable. J'étais, moi, toujours assis à la table de la cuisine, devant mon sandwich, mais au lieu d'être dans ma cuisine j'étais dans une luxuriante forêt verdoyante.

Je regardais le gros trou dans le plafond où un arbre allait baigner son feuillage au soleil là-haut, et je me demandais comment j'allais expliquer tout ça à maman quand tout à coup j'ai aperçu un groupe de dragons au loin dans le bleu infini du ciel – c'étaient des portraits crachés du dragon sur le pot de moutarde!

«Hé Oh!» m'écriais-je.

À ma grande surprise, l'un d'entre eux s'est retourné en répliquant:

«Salut là, en bas!»

Je n'avais jamais rencontré de dragon avant, je n'avais jamais eu la chance d'en voir alors je me suis décidé à saisir l'opportunité.

«Tu pourrais descendre en bas?» j'ai demandé. «J'aimerais vraiment faire ta connaissance.» Bat des bras!», s'est écrié le dragon. Ça me semblait bien ridicule, mais je l'ai tout de même fait, et comme par magie mon corps s'est soulevé, je flottais au-dessus de la chaise de la cuisine … Je volais! C'était la sensation la plus folle et la plus excitante que je n'ai jamais connue. Je me suis dit tout en montant dans l'air: «Maintenant je sais pourquoi les oiseaux chantent toujours.» «Weeee!» que j'ai crié «Whoopie!» que je me suis exclamé. C'était mieux que le chocolat ou les dessins animés – c'était mieux que de manger du chocolat en regardant des dessins animés!

Je m'envolais si haut que je me suis trouvé en plein milieu du groupe de dragons et j'ai noté que chacun des dragons portait en bandoulière une sacoche brune de cuir, ils ressemblaient vraiment à des facteurs volants, verts et écaillés.

«Salut, jeune homme», a dit le dragon à ma droite.

«Enchanté de faire votre connaissance», a dit celui à ma gauche.

C'est là que j'ai appris ma première leçon sur les dragons: ils sont très gentils et chaleureux. C'était comme s'ils m'avaient instantanément accepté comme l'un des leurs.

«On va où?» que je leur ai demandé.

«Terroriser la princesse», a répliqué le dragon à ma droite.

«Ça m'a pas l'air très sympa», j'ai dit.

«Qu'est-ce que tous les princes charmants feraient de leurs journées s'il n'y avait pas de princesses à sauver? Hmm?» a demandé le dragon.

«Bien vu», j'ai répondu.

«Bien évidemment», a-t-il répliqué. «Au fait, je m'appelle Marty.»

«Moi c'est Alfie», j'ai répliqué. «Enchanté.»

«Moi aussi», a dit Marty. «Ça te dirait de terroriser ta toute première princesse?»

«Pourquoi pas? Je peux essayer» j'ai dit.

«Génial! Viens avec moi. Je connais une demoiselle vers Ponga Potchu qui hurle comme une hystérique dès qu'elle voit quelque chose de vert – ça me rend la tâche vraiment facile», a dit Marty.

Le groupe commençait à se rétrécir, les dragons partaient ici et là dans différentes directions pour terroriser les princesses de terres lointaines.

«On les retrouvera plus tard», m'a dit Marty. «Mais maintenant on va vers la côte rocheuse de Ponga Potchu.»

On a survolé des montagnes et des vallées, des forêts et des ruisseaux, des collines verdoyantes qui s'étendaient loin vers l'horizon jusqu'à ce que finalement, on soit arrivé à une tour de pierre qui s'élevait des rochers de la côte escarpée et qui donnait sur l'océan agité. Tout en haut de la tour, il y avait un balcon, sur le balcon un jeune princesse aux joues fraiches et aux cheveux d'or. Lorsqu'elle nous a vus approcher, elle a poussé un hurlement de terreur qui a fait des échos jusque dans les vallées qu'on avait survolées.

«Sacré poumons celle-là, hein?» a ricané Marty, Il a piqué vers la tour avec ses ailes violettes étendues laissant jaillir de grands jets de flammes de sa mâchoire entrouverte. La princesse a crié de terreur à nouveau et juste au moment où Marty allait se s'écraser contre la tour, il a esquivé adroitement la collision en virant vers la gauche d'un grand coup d'aile, il est revenu vers moi, qui observais la scène en vol stationnaire comme un colibri. «À toi», a-t-il dit d'un ton qui laissait paraitre qu'il ne prendrait pas un simple «non, merci» comme réponse. Alors j'ai pris une grosse bouffée d'air, j'ai plissé des yeux et j'ai même battu l'air de mes pattes comme un rhinocéros qui s'apprête à charger. Puis je me suis élancé vers la tour en battant mes petits bras aussi fort et aussi vite qu'il m'était possible. Alors que j'approchais du balcon, j'ai expiré tout l'air qui était dans mes poumons qui s'est transformé en un barrage de flammes rouge-orange époustouflant.

«*Ahhhhhhhhh!*» que j'ai entendu depuis l'intérieur de la tour. Ça n'était pas un cri aussi spectaculaire que celui que Marty avait réussi à lui faire pousser, mais je n'étais qu'un débutant. J'ai pris le virage serré ver la gauche et j'ai rejoint Marty qui m'observait de l'autre côté depuis les airs.

«Bravo!» s'est écrié Marty. «Tout simplement excellent!» a-t-il dit. «Je crois qu'elle s'est presque évanouie!»

On a continué à tour de rôle en s'élançant vers la demeure de la princesse quand tout à coup un prince charmant en armure brillante, a chargé vers nous par-dessus une colline en brandissant sont épée et en s'écriant: «Ne craignez plus ma belle princesse, car je vais vous délivrer de ces dragons infernaux!» s'est-il écrié, puis dans notre direction, «Dragons infernaux, descendez vous battre pour que je puisse vous vaincre en l'honneur de la princesse!» puis il a ajouté, Je vous briserai les os! Je vous battrai les arrière-trains! Je vous … »

«Ça va, ça va, on a compris», a dit Marty, en descendant pour faire face au chevalier.

Marty a atterri avec un bruit sourd, mais moi je suis resté en l'air pour observer la scène en toute sécurité — après tout, il serait déjà assez difficile d'expliquer les lierres et les arbres dans la cuisine à maman — mais des os cassés à cause d'un sandwich? Elle n'y croirait jamais.

Soudainement, le chevalier a brandi son épée au-dessus de sa tête et s'est élancé en avant en criant «À LA CHARGE!» Le destrier blanc a galopé rapidement vers Marty. Le chevalier a donné un coup sec vers la droite mais Marty l'a esquivé agilement vers la gauche, puis le chevalier a envoyé son épée siffler dans l'air vers la gauche et Marty l'a esquivé d nouveau vers la droite.

Marty esquivait l'épée si agilement que c'était comme s'il savait déjà où le chevalier allait frapper avant qu'il ne frappe. Je crois même l'avoir vu bailler à un moment donné, totalement insouciant de la lame acérée qui fendait l'air frôlant sa tête de tous les côtés.

Puis j'aurais pu jurer que Marty a fait un clin d'œil au chevalier et que ce dernier lui a retourné et tout d'un coup Marty était à terre avec la pointe de l'épée du chevalier contre sa gorge.

«Aha» s'est écrié le chevalier. «Maintenant je te tiens … »

La princesse l'applaudissait et l'acclamait depuis sa tour.

«Promettez-vous», a dit le chevalier, «de laisser cette princesse en paix?»

«Je le promets», a dit Marty.

«Et votre petit ami la haut?» a demandé le chevalier en me pointant du doigt.

«Je le promets», que je me suis écrié.

«Alors quittez tous les deux le royaume de Ponga Potchu!» a déclaré le chevalier en remettant son épée dans son fourreau.

Puis, alors que Marty se relevait, le chevalier lui a glissé furtivement une poignée de ce qui ressemblait à des guimauves molles blanches. La princesse n'a rien vu bien sûr, elle était trop occupée à crier les louanges de son sauveur, «Mon héros! Mon brave héros!», en célébration de sa victoire. Marty a rapidement mis les guimauves dans sa sacoche et s'est envolé.

«Allez, viens», m'a-t-il dit en me dépassant. «On a encore plein de travail à faire — Un dragon ne se repose jamais!»

J'ai battu des bras pour le rattraper en me demandant ou on pouvait bien aller.

Si tu sais quelques petites choses au sujet des dragons, il y a des chances pour que tu aies déjà deviné où nous allions nous rendre ensuite, Marty et moi. Tu n'arrives pas à deviner? Allez, je te donne un petit indice: un gros «X» marque l'endroit un nous allions, et ce qu'on y trouve est scintillant et très étincelant. Tu penses à un trésor? T'as raison! On partait garder un trésor très précieux!

Il a d'abord fallu qu'on vole d'innombrables kilomètres avant d'arriver aux montagnes Mangy. Au pied des montagnes il y avait une caverne et, à l'intérieur de cette caverne, il y avait des piles et des piles d'un trésor brillant dans le noir. Il y avait des pièces d'or scintillantes, des rubis d'un rouge profond et mystérieux, des émeraudes grosses comme ton poing! Les piles du trésor s'entassaient bien plus haut que ma tête — même Marty avait l'air petit en face d'elles!

Le boulot était simple. On s'asseyait à l'embouchure de la caverne et si on entendait des pas on faisait flamber le corridor, ensuite on entendrait des pas précipités en direction de la sortie. Personne ne voudrait se battre avec des dragons qui respirent du feu!

Mais au bout d'un moment on a entendu des pas, pas des pas normaux car on aurait plutôt dit que le bruit venait d'un pied et d'une canne percutant le sol de pierres lisses. Plaf faisait le pied, Tak faisait la canne, Plaf, Tak, Plaf, Tak, Plaf, Tak, Plaf, Tak, Plaf, Tak. Soudain Marty s'est écrié, «Pete Jambe de Piquet!» et il m'a dit, «Ne fais pas de feu, c'est Pete Jambe de Piquet.»

Un pirate est apparu devant
nous. Il avait un perroquet sur l'épaule et
un bandeau sur l'œil et une jambe de bois
qui sortait de son pantalon. «Arrr!» a-t-il dit, «Merci d'avoir
gardé mon trésor, je n'aurais fait confiance à personne d'autre!» Puis il a sorti une poignée de
guimauves molles et souples de sa poche. «Ça c'est pour toi et ton ami», a-t-il dit en les tendant
à Marty.

«Merci Pete», a dit Marty, en acceptant les guimauves et en les fourrant dans sa sacoche. «On devrait vraiment y aller maintenant — Un dragon ne se repose jamais!»

Alors qu'on s'envolait Pete Jambe de Pique s'est écrié, «À demain Marty!»

«A plus tard, Pete!» a répondu Marty, et sur ce nous sommes partis vers la prochaine étape de notre aventure.

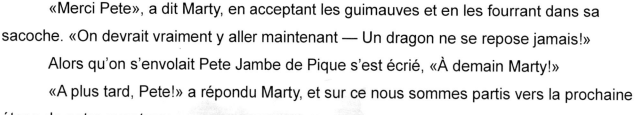

«Marty?» que je lui ai demandé tout en fonçant à travers les nuages. «Elles servent à quoi ces guimauves?»

«Tu verras», a-t-il répondu. C'est là que j'ai appris que les dragons sont très mystérieux.

«On va où maintenant?» je lui ai demandé.

«La Pizzeria de Papa Tony», a-t-il dit, car aussi mystérieux qu'ils puissent être, les dragons sont aussi toujours surprenants. J'avais entendu des histoires de dragons qui terrorisaient des princesses, qui se battaient contre des chevaliers et qui gardaient des trésors, mais je n'avais jamais entendu parler, de ma vie entière, de dragons qui allaient manger des pizzas au restaurant.

Tout d'un coup mon estomac s'est mis à gargouiller bruyamment. On avait tellement volé et toutes ces petites guimauves mystérieuses me donnaient faim. J'avais maintenant vraiment envie d'une ou deux tranches de pizza. Mais Marty avait une autre surprise en poche pour moi …

On a atterri sur le toit de la pizzeria, j'ai regardé en bas et j'ai vu une entrée à mes pieds avec un petit panneau «Entrée de Marty» en petites lettres violettes. Marty a ouvert la porte et nous sommes descendus dans le restaurant. Mais étions-nous venus — après tous ces voyages — simplement venus pour nous asseoir à une table et manger de délicieuses pizzas avec du fromage et de la saucisse en plus? Eh non!

En fait, l'entrée de Marty menait directement à la cuisine, mon ami dragon et moi n'étions pas là pour manger, mais pour travailler — parce que comme Marty vous le dira, un dragon ne se repose jamais!

Aussitôt que nous sommes entrés dans la cuisine, Papa Tony s'est rué vers nous, nous a posé sur la tête des chapeaux blancs de cuisinier. «Je suis bien content de te voir mon petit!» s'est-il écrié. «Tout le monde en ville veut une pizza aujourd'hui — on pourrait vraiment profiter de ton aide! Ah, et je vois que tu as amené un ami … »

«Ça c'est Alfie», dit Marty. «C'est un … »

«Oui, oui», a interrompu Papa Tony, «c'est bien — mais commencez à souffler sur les pizzas s'il-vous-plait.»

«Souffler sur les pizzas?» j'ai demandé, confus.

«Bien sûr!» s'est écrié Papa Tony. «Le souffle de dragon fait les meilleures pizzas!»

«C'est vrai», a ajouté Marty.

Puis je me suis souvenu que je pouvais souffler des flammes et tout ça m'a alors semblé sembla logique. Alors Marty et moi avons pris nos places à la fin de la chaine de montage — nous nous trouvions Marty et moi après le malaxeur de pâte, le chef saucier et le placeur de peppéronis, tout au fond — les grille-pizzas! On a soufflé sur chacune des pizzas jusqu'à ce que le fromage commence à faire des bulles et que la croûte commence à dorer, puis nous nous écriions «Pizza prête!» car c'est ce qu'on crie dans la cuisine d'une pizzeria.

Après que nous ayons grillé des centaines de pizzas, Papa Tony est venu nous donner une tape amicale sur l'épaule et nous a dit, «Excellent travail, vous deux!» il a mis sa main dans sa poche et en a sorti une poignée – tu l'as deviné – de guimauves blanches sucrées. À nouveau, Marty les a mis dans sa sacoche avec le reste et il a remercié Papa Tony en lui rendant son chapeau de cuisinier.

J'ai fait de même avec le mien
et bientôt nous étions en train de vole
vers la sortie dans le toit en disant
au revoir à Papa Tony et au
malaxeur de pâte, au chef saucier
et au placeur de peppéronis qui nous
faisaient des signes de la main en
disant «Arrivederci! Arrivederci, amici!»

Griller des pizzas était tellement amusant que j'aurais pu rester à la pizzeria de Papa Tony toute la journée, mais je commençais à me faire à l'idée que les dragons ne restent jamais très longtemps dans un endroit — c'est pourquoi il est si difficile de les voir — et il était temps pour moi et Marty de continuer notre aventure. Après tout, un dragon ne se repose jamais!

«Marty?» que je lui ai demandé lui. «On va où maintenant?»

«La 22ème course annuelle de montgolfières de Wallabung»,m'a-il-répondu.

Ça c'était certainement surprenant. Je n'aurais jamais pensé que les dragons puissent participer à des courses de montgolfières. Mais après tout peut être que si le prix pour le gagnant était une montagne de moelleuses guimauves pourquoi pas? Marty avait vraiment l'air de bien les aimer!

Alors on a volé, en passant près de grands immeubles en ville, par-dessus des prés couverts de fleurs sauvages, par-dessus un océan d'un bleu profond, jusqu'à ce qu'on arrive à une plaine avec des centaines de paniers de montgolfières dispersés sur l'herbe, leurs ballons dégonflés.

Il y avait aussi des gens sur la plaine, quand ils nous ont vus ils se sont mis à nous acclamer et à crier, «Ouais! Marty est venu! Marty est là! Marty est là. On pourra bientôt commencer la course!»

Dès que nous avons atterri, les gens sont venus en courant vers nous. «Marty, fais le mien en premier!» a dit un homme avec une casquette rouge. «Non, le mien! Fais le mien!» s'est écrié une dame avec une robe violette, «Non, non, non, commence par celui de mon ami», a dit un homme avec une écharpe verte en pointant du doigt une montgolfière proche de nous «Le mien est le plus proche, alors Marty devrait commencer par le mien!»

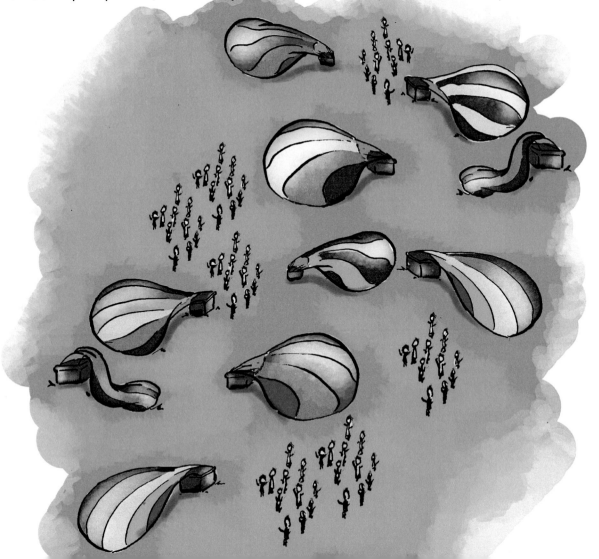

«HÉ! HO!» s'est écrié Marty, «Calmez-vous — aucun besoin de vous agiter! Je vais gonfler chacun de vos ballons — personne ne sera oublié! Et vous commencerez tous la course en même temps. Donc, s'il-vous-plait, retournez vers vos ballons!»

C'est là que j'ai appris un autre fait sur les dragons: Ils sont toujours très justes et équitables.

«Hourra! Marty!» s'est écrié la foule, pendant qu'ils continuaient à l'acclamer, Marty s'est dirigé vers une femme au pantalon jaune tacheté qui se tenait silencieusement près de son ballon dégonflé.

«Je vais commencer avec le vôtre, Mme McGee», a dit Marty.

«Merci Marty», lui a-t-elle répondu, puis elle a ajouté, «Je crois vraiment que j'ai une chance pour remporter le trophée cette année!»

«Absolument!» a-t-il répondu. «Mettez-vous à l'écart, ça vas prendre une petite minute.»

Mme McGee et moi avons fait quelque pas en arrière, Marty a inspiré profondément pour remplir ses poumons, et avant qu'il ne souffle Mme McGee s'est penchée vers moi et m'a dit «Le souffle de dragon, ça fait toute la différence — ton ballon peut monter bien plus haut et bien plus vite qu'avec du feu traditionnel.» Mais avant que je puisse lui répondre, Marty a soufflé et FLOUSH une énorme vague de flammes est sortie de sa bouche sur les brûleurs de la montgolfière de Mme McGee.

Le ballon de la montgolfière s'est mis immédiatement à se remplir d'air chaud, s'animant en montant lentement vers le ciel, quittant sa pose de couverture de pique-nique près du panier de la montgolfière pour devenir une immense boule de noël s'agitant de part et d'autre avec la brise. La montgolfière ne s'est pas envolée, bien évidemment, car il y avait plusieurs sacs lourds remplis de sable dans le panier pour la maintenir à terre.

«Magnifique travail!» s'est écrié de joie Mme McGee, souriant et applaudissant. «Tiens, j'ai quelque chose pour toi», a-t-elle dit. Et tu peux bien deviner ce que Mme McGee a sorti de la poche de son pantalon tacheté! C'est bien ça — de nouvelles de guimauves!

Alors Marty s'en est allé gonfler chaque ballon et a reçu en retour de la part des pilotes satisfaits une poignée de guimauves lorsqu'il finissait son travail. Il m'a même laissé gonfler quelques ballons et quand on a eu tout fini Marty a sorti un grand drapeau carrelé noir et blanc de sa sacoche et a annoncé d'une voix éclatante: «À vos marques, prêts, PARTEZ!!!»

Chacune des personnes dans les paniers des montgolfières se sont mis à jeter frénétiquement les sacs de sables par-dessus bord pour monter le plus vite et le plus haut possible.

«Youpiii!» s'est écriée Mme McGee en lançant son dernier sac de sable par-dessus le bord de son panier. Son ballon est monté vers le ciel rapidement. Tous les autres ballons l'ont rejointe dans le ciel un par un pour offrir un magnifique spectacle coloré d'engins volants.

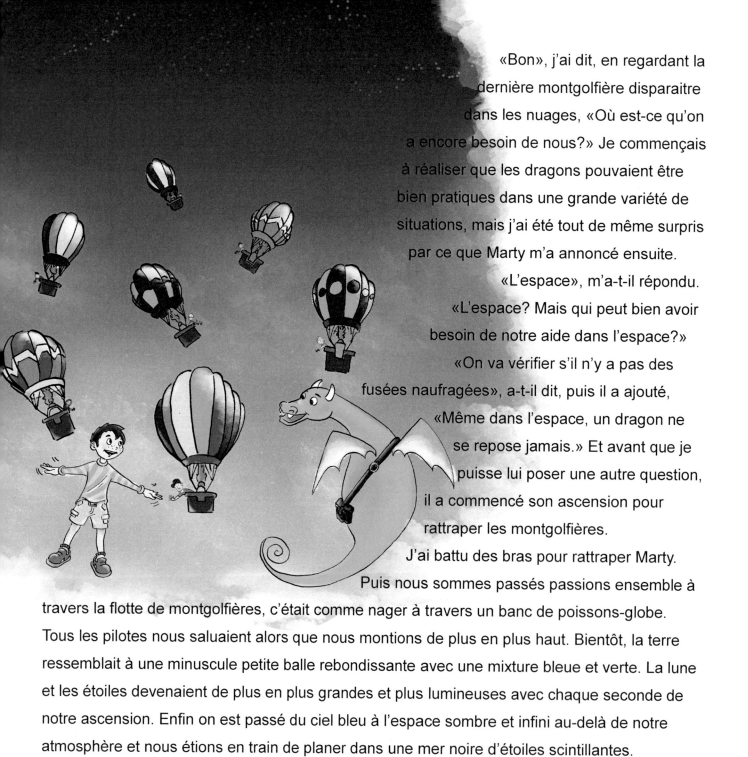

«Bon», j'ai dit, en regardant la dernière montgolfière disparaitre dans les nuages, «Où est-ce qu'on a encore besoin de nous?» Je commençais à réaliser que les dragons pouvaient être bien pratiques dans une grande variété de situations, mais j'ai été tout de même surpris par ce que Marty m'a annoncé ensuite.

«L'espace», m'a-t-il répondu.

«L'espace? Mais qui peut bien avoir besoin de notre aide dans l'espace?»

«On va vérifier s'il n'y a pas des fusées naufragées», a-t-il dit, puis il a ajouté, «Même dans l'espace, un dragon ne se repose jamais.» Et avant que je puisse lui poser une autre question, il a commencé son ascension pour rattraper les montgolfières.

J'ai battu des bras pour rattraper Marty. Puis nous sommes passés passions ensemble à travers la flotte de montgolfières, c'était comme nager à travers un banc de poissons-globe. Tous les pilotes nous saluaient alors que nous montions de plus en plus haut. Bientôt, la terre ressemblait à une minuscule petite balle rebondissante avec une mixture bleue et verte. La lune et les étoiles devenaient de plus en plus grandes et plus lumineuses avec chaque seconde de notre ascension. Enfin on est passé du ciel bleu à l'espace sombre et infini au-delà de notre atmosphère et nous étions en train de planer dans une mer noire d'étoiles scintillantes.

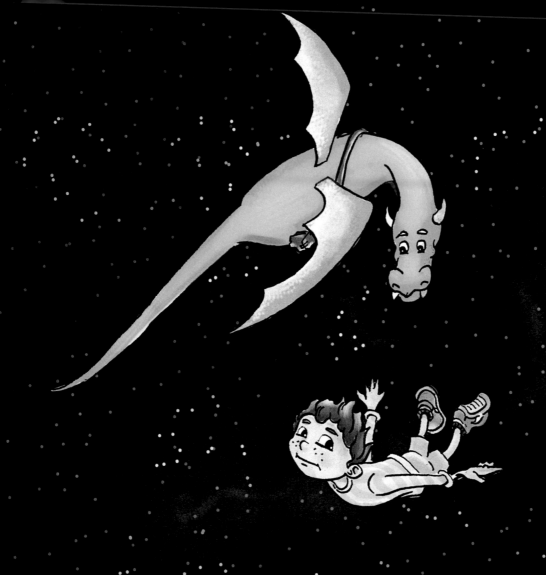

«Sois bien attentif et regarde si tu ne vois pas de fusées naufragées qui auraient besoin de notre aide!» a dit Marty.

«OK!» que j'ai répondu, tout en me demandant comment on pourrait bien les aider si on en trouvait une. Est-ce que les astronautes se cramponneraient à notre dos pendant qu'on les ramenait sur terre. Est-ce que Marty accrocherait la fusée à sa queue pour la ramener à terre?

Puis je l'ai aperçu du coin de mon œil—la tête d'une fusée! J'ai tourné ma tête et le reste de la fusée est apparu, une grande fusée entière simplement là, flottant dans l'espace.

«Regarde!» je me suis écrié. «J'en ai trouvé une! J'ai trouvé une fusée!»

«T'as un œil de lynx!» s'est exclamé Marty, en me rattrapant et me donnant un claque amicale dans le dos.

Alors qu'on s'en approchait, on a vu qu'un astronaute qui flottait près de la fusée. Il était attaché à son vaisseau par un grand câble épais et quand il nous a vus arriver, il s'est mis à faire des pirouettes dans le vide.

«Ouaaaais, vous êtes arrivés!» s'est-il réjoui. «Je commençais à penser que vous ne viendriez pas! Ouf, je suis bien soulagé de vous voir les amis!»

«Les propulseurs ont de nouveau grillé?» a demandé Marty.

«Comme d'habitude», a dit l'astronaute. «Mon équipage et moi étions en chemin pour la planète de glace Neptune quand c'est arrivé — les moteurs sont morts tout d'un coup et on a été coincés ici depuis.»

«Hé bien mon ami, je vais voir ce que je peux faire pour toi», a dit Marty.

«Merci mille fois!» a répliqué l'astronaute.

Marty et moi avons volé jusqu'à l'arrière du vaisseau pour examiner le problème et après quelques secondes Marty a dit, «Oui, c'est ce que je pensais — il n'y a simplement pas de feu dans les propulseurs!» Il s'est tourné vers moi et m'a demandé, «T'es prêt à m'aider?»

«Je vais essayer», j'ai répondu. Alors on a pris chacun une grande bouffée d'air spatial (seuls les dragons peuvent respirer l'air de l'espace) et on a soufflé de toutes nos forces, envoyant un océan de flammes brûlantes depuis nos bouches. Je suis bien fier de dire qu'on a réussi à rallumer les trois propulseurs du premier coup!

«Yahoo!» s'est exclamé l'astronaute. «Neptune, on arrive!»

Mais avant de retourner dans son vaisseau pour mettre plein cap sur Neptune, il a flotté vers Marty et moi et a dit «Vraiment, je vous suis bien reconnaissant», il a ensuite fouillé dans sa poche et en a sorti une petite pile de guimauves les tenant fermement dans ses deux mains pour qu'elles ne flottent pas partout, puis il les a données à Marty lentement. Bien vite elles étaient bien en sécurité dans la sacoche de Marty. «Et pour vous montrer à quel point j'apprécie vraiment ce que vous avez fait pour moi, je vais renommer mon vaisseau d'après vous deux!» Puis il s'est tourné vers moi et m'a demandé, «Comment t'appelles-tu petit dragon?»

«Moi c'est Alfred, mais tu peux m'appeler Alfie», j'ai répondu.

«OK, dorénavant ce vaisseau s'appellera «Le vaisseau de croisière interstellaire d'Alfred et de Marty» et quand je serai sur terre, je peindrai ce nom en grosses lettres pour que tout le monde sur terre et dans l'espace puisse le voir!»

«C'est très gentil de ta part», a dit Marty, «mais comme tout est bien règle ici, nous on va devoir y aller.»

«Oh oui, je ne devrais pas tarder non plus — j'ai une planète à visiter tu sais! Au revoir pour l'instant mes amis.» Et sur ces derniers mots, l'astronaute est remonté dans son vaisseau et s'est mis en route pour la planète glaciale de Neptune.

Après ça, Marty et moi on a continué à chercher des vaisseaux spatiaux, mais on n'en a pas trouvé d'autre «Est-ce qu'il y a encore quelqu'un qui ait besoin de notre aide?» j'ai demandé.

«Bien évidemment», a dit Marty. «Un dragon ne se repose jamais.»

«Mais qui donc?» je l'ai interrogé.

«Eh bien il se fait tard — les enfants vont bientôt prendre leur bain et s'endormir.»

On aurait dit que Marty n'avait pas bien compris ma question, mais (comme il avait l'habitude de le faire) Marty s'est envolé avant que je puisse lui demander quoi que ce soit d'autre et je me suis retrouvé de nouveau à essayer de le rattraper.

On volait à travers l'espace comme deux étoiles filantes en direction directe de la terre. La minuscule balle rebondissante s'agrandissait de minute en minute et plus on approchait, plus le mélange de bleu et vert commençaient à ressembler à des océans et de la terre.

Quand on était tout près, j'ai regardé vers le bas et j'ai aperçu des rangées de toutes petites maisons justes assez grandes pour qu'on puisse y mettre des poupées, mais quand je me suis rapproché de la terre j'ai vu qu'elles n'étaient pas des jouets, mais de très grandes maisons, assez grandes pour y faire entrer et vivre des familles de gens de taille normale.

Quand nous avons enfin atterri, nous nous tenions au beau milieu d'une rue bordée de chaque côté par les grandes maisons que j'avais aperçues depuis les nuages.

La nuit tombait et un hibou nous a salués d'un cri doux, perché sur un grand érable. J'ai vu un panneau vert qui disait «Rue des Érables» en grandes lettres noires. Sans perdre de temps, Marty s'est dirigé vers une bouche d'égout au milieu de la rue, il a soulevé l'embout métallique du couvercle et l'a retiré en utilisant ses griffes. «Allez, vas-y», m-a-t-il dit, alors je me suis approché et j'ai regardé à l'intérieur du trou.

Il y avait une échelle qui descendait dans une caverne profonde bien éclairée. Dans la caverne, il y avait un grand réseau de gros tubes argent qui allaient çà et là comme les rails d'immenses montagnes russes.

«Je suis juste derrière toi», m'a rassuré Marty. Alors je me suis mis à descendre dans la caverne de tuyauteries. Incroyablement, Marty a réussi à glisser son corps épais et plein d'écailles dans l'embouchure et a commencé à descendre l'échelle tout en replaçant le couvercle sur le trou avant de continuer à descendre vers le sol de la caverne.

Quelques minutes plus tard, nous étions directement en dessous d'un gros nœud de tuyaux et j'ai remarqué que sur chaque tuyau était inscrit un nom différent: «Les McAllister», sur l'un, «Les Bricklebee», sur un autre.

«Marty?» que j'ai demandé, «pourquoi est-ce qu'il y a un nom sur chacun des tuyaux?»

«Celui-ci», a-t-il dit, en me montrant du doigt le tuyau des Bricklebee, «c'est pour l'eau chaude dans la maison des Bricklebee. Et celui-ci», a-t-il dit en pointant du doigt un tuyau au nom de «Les Petersons», «c'est pour l'eau chaude dans la maison des Peterson. Tu vois, je suis chargé de fait chauffer l'eau pour toutes les familles de la Rue des Érables. Personne n'aime prendre un bain froid.»

«Et toutes les autres rues des autres quartiers dans le monde? Qui s'occupe de toutes ces familles-là?» j'ai demandé.

«Les dragons», a-t-il dit. «Chaque dragon à une certaine rue qu'il visite chaque soir pour s'assurer que chaque famille ait de l'eau chaude pour leurs bains avant d'aller au lit. Ils viennent juste après que le soleil se soit couché, ils descendent dans la bouche d'égout, alors si tu n'es pas en train de regarder par la fenêtre tu ne pourras pas les voir.»

«Aah», j'ai dit, «mais ils font quoi une fois qu'ils sont sous la rue?»

«Ils soufflent sur les tuyaux bien évidemment», a dit Marty. «L'eau passe dans les tuyaux et lorsqu'elle arrive dans la baignoire, elle est bien chaude.» Marty a pris une grande bouffée d'air remplissant ses poumons comme un gros ballon vert et a soufflé ses flammes partout sur les tuyaux.

«Ne sois pas timide», a dit Marty. «Essaie!»

Alors j'ai regardé les tuyaux, j'ai empli mes poumons d'air et j'ai laissé un barrage de flammes lécher les tuyaux d'argent.

Marty et moi avons soufflé nos feux les plus ardents et brulants sur les tuyaux pendant quelques minutes, puis tout d'un coup des guimauves ont commencé à tomber d'un des tuyaux. Je n'avais pas remarqué que sur un des tuyaux était inscrit «Guimauves» et c'est le seul tuyau qui descendait directement dans la caverne et qui s'ouvrait juste devant nous.

«D'où viennent les guimauves?» j'ai demandé.

«Les enfants en lâchent dans les éviers pour nous remercier pour leurs bains chauds.»

«Ils savent qu'on est ici?»

«Bien sûr, les enfants ici prennent soin de nous — après leurs bains, ils lâchent quelques guimauves dans le tuyau à guimauves pour nous remercier. Lorsque les gens grandissent, ils oublient souvent que ce sont les dragons qui leur permettent d'avoir de l'eau chaude. Ils inventent des explications à dormir debout — comme le gaz et les chaudières. Mais les petits enfants connaissent la vérité.»

«Je ne savais pas que les dragons me chauffaient l'eau des bains avant que tu me le montre» je lui ai dit.

«Tu as quel âge?» m'a demandé Marty.

«Six ans», j'ai répondu.

«Oh forcément», a-t-il répliqué, «C'est bien trop vieux pour s'en souvenir.»

Après que tous les tuyaux soient devenus suffisamment chauds et qu'on ait ramassé toutes les guimauves, Marty m'a dit, «OK, Alfie, on a plus qu'une chose à faire aujourd'hui.»

On avait déjà fait tellement de choses, aidé tellement de gens que je commençais à être complètement épuisé, mais je ne voulais pas décevoir Marty. «C'est parti», j'ai dit, «Qu'est-ce qu'on va faire?»

Tout ce que Marty m'a répondu c'était, «Tu verras.»

Alors nous nous sommes glissés de nouveau dans la bouche d'égout et nous sommes ressortis du trou puis nous avons décollés dans le ciel noir éclairé par la lune. On a survolé Wallabung, la pizzeria de Papa Tony, le royaume de Ponga Potchu et juste quand je n'en pouvais plus de battre mes petites ailes j'ai aperçu la forêt où était ma cuisine recouverte de verdure et j'ai essayé de voir ma table à travers l'épais feuillage. Tout à coup, j'ai aperçu un petit espace vide d'arbres et rempli de dragons qui semblaient être en train de faire la fête. Bientôt, Marty et moi étions au beau milieu de la fête des dragons, je n'arrivais pas à en croire mes yeux.

Il y avait des piles de barres chocolatées tout autour de nous, des piles de biscuits graham et en plein centre de tout cela, une pile de guimauves qui s'élevait plus haute que toutes les autres et tout autour de la pile il y avait des dragons qui vidaient leurs sacoches de toutes les guimauves qu'ils avaient gagnées, agrandissant la pile de minute en minute.

«J'espère que tu aimes les s'mores», m'a dit Marty. «Il n'y a rien qu'un dragon aime plus que les s'mores.»

«C'est quoi?» j'ai demandé en me léchant les babines d'anticipation.

«Tu verras», a dit Marty.

Marty s'est en allé vers la montagne de guimauves et a vidé sa sacoche. Je regardais toutes les guimauves qu'on avait gagné s'entasser — celles du chevalier, celles du pirate, celles de Papa Tony, celles des pilotes de montgolfières, celles de l'astronaute et celles des enfants qui avaient eu leurs bains chauds, et je me souvenais à quel point on s'était amusés en aidant tous ces gens.

«Tiens prends ça», a dit Marty, en me passant un petit bâton sur le bout duquel il y avait une guimauve. «Tu l'as mérité.»

Il n'y avait pas de grand feu de camp, mais, bien sûr, les dragons n'en ont pas besoin et Marty et moi avons soufflé doucement sur les guimauves jusqu'à ce qu'elles soient dorées à l'extérieur et fondantes à l'intérieur. Puis Marty a pris quelques barres de chocolat et des biscuits et empilé tout ça en un sandwich. Au lieu du pain, il y avait les biscuits et au centre la guimauve tendre et chaude se mêlait à la barre chocolatée fondante et nous avons mangé les meilleures s'mores qu'un dragon ou un enfant n'ait jamais mangés.

On a recommencé tant de fois que mon estomac semblait prêt à exploser, puis d'un coup l'odeur des biscuits au chocolat de ma mère m'a titillé les narines.

MA MÈRE!!! Elle doit se demander où je suis, que je me suis dit. «Hé Marty», j'ai dit, «Je me suis énormément amusé avec toi aujourd'hui, mais je crois qu'il serait temps que je rentre à la maison maintenant … »

«C'est probablement une bonne idée», a dit Marty, «Je dois aller allumer les lampadaires. Je te le dis: un dragon ne se repose jamais!» Puis Marty m'a montré un bosquet éloigné de nous et au milieu de ce bosquet, la table de ma cuisine. «Au prochain sandwich jambon-fromage», a dit Marty.

«À plus tard», j'ai dit en marchant vers la table de ma cuisine. Quand j'y suis arrivé, j'ai aperçu mon sandwich qui était toujours sur mon assiette. Je ne savais pas vraiment comment faire, alors je me suis assis sur ma chaise. Soudainement, lorsque mes fesses ont touché le coussin de la chaise, toute la cuisine s'est mise à se transformer, les lierres disparaissaient pour révéler le frigidaire, le four à micro-ondes, la machine à café. La vaisselle cassée par terre se réassemblait magiquement et revenait gagner sa place dans les cabinets de la cuisine. Les meubles reprenaient leur apparence normale, le trou dans le toit se fermait et l'arbre rétrécissait pour devenir une petite pousse avec l'herbe du sol qui se fondait bientôt avec le carrelage noir et blanc de la cuisine. Enfin j'étais dans ma cuisine, comme elle l'était avant que je ne croque dans mon sandwich.

J'étais dans une cuisine tout à fait normale, pas une feuille, pas un brin d'herbe n'était resté. La lumière du soleil éclairait la cuisine à travers les fenêtres — c'était comme si je n'étais jamais parti! Et, comme je m'en étais douté, les biscuits au chocolat étaient presque à point.

C'est là que ma mère est entrée dans la cuisine, j'essayais de me comporter «normalement», tu sais — comme si je n'avais pas passé mon après-midi sous forme de dragon. «Si tu veux un biscuit, tu ferais mieux de manger ton sandwich», m'a-t-elle dit. Elle n'avait pas l'air de soupçonner quoi que ce soit.

«Je peux le manger plus tard?» j'ai demandé, en tenant mon ventre plein de s'mores.

«Oui, si tu insistes», a-t-elle dit, «mais pas de biscuits jusqu'à ce que tu l'aie terminé!»
Puis elle s'est approché a mis sa main sur mon front pour vérifier si j'avais de la fièvre pendant
que j'essayais de voir s'il restait encore de la fumée qui sortait de mes narines. «Tu n'as pas l'air
malade», a-t-elle dit en haussant les épaules, alors je me suis levé de la chaise et je suis parti
finir le circuit que j'avais commencé avant d'aller manger.

Ma mère m'a suivi jusque dans le salon et quand elle a vu ce que je faisais elle a dit, «Tu
travailles encore sur ce circuit?»

«Ouais!» que j'ai répondu. «Un dragon ne se repose jamais!» Et j'ai continué
à construire mon circuit, elle s'est en allée avec un regard perplexe.

Ce même soir, j'étais couché, mes bras étaient si fatigués de battre toute la journée que je ne pouvais pas les bouger, ma gorge était un peu irritée d'avoir craché du feu toute la journée, mais je m'étais tellement amusé! Pour essayer, j'ai laissé un gros souffle s'échapper de ma bouche ouverte, mais tout ce qui en est sorti c'était de l'air, ce qui n'était pas plus mal car si j'éternuais en pleine nuit je mettrais probablement le feu à mon lit!

Mes yeux se fermaient malgré eux, je pensais à tous les endroits que j'avais visités, toutes les personnes que j'avais rencontrées et j'ai décidé qu'être un dragon, c'était génial, mais qu'il fallait aussi beaucoup travailler et que j'étais complètement épuisé. En fait j'étais si épuisé que je me suis dit que je prendrais qu'un sandwich au beurre de cacahouète la prochaine fois pour le déjeuner et pas un sandwich jambon fromage. Puis je me suis endormi d'un coup.

AVERTISSEMENT: Les enfants, ne jetez pas de guimauves dans l'évier ou dans votre baignoire! Les dragons savent maintenant utiliser la poste, et si vous voulez envoyer des guimauves ou des lettres à Marty ou Alfie, vous pouvez les envoyer a: Alfie and Friends, 2603 NW 13th St. 184, Gainesville, FL 32609, USA. Sérieusement!!! Marty et Alfie adorent recevoir du courrier!

Ne manquez pas les autres aventures d'Alfie dans la prochaine série des Aventures aux Sandwichs d'Alfie, *Affaires de singes*, qui sera disponible au début de 2013! Enregistrez-vous sur www.AlfieAndFriends.com pour avoir des nouvelles du prochain livre, des exclusivités, une date de parution et bien d'autres choses!

À propos de l'auteur:

Stéphanie Barrett savait à huit ans qu'elle voulait écrire des livres plus tard. Après l'université, Stéphanie, qui adore les enfants s'est mise à enseigner en école maternelle ou elle n'arrêtait pas d'être inspirée par les idées des enfants épatants de sa classe. L'idée derrière *Un dragon ne se repose jamais* ne vient cependant pas de ses petits élèves mais d'un vendeur de sandwichs qui vendait des sandwichs à la moutarde tellement forte qu'il ne semblait pas impossible qu'après en avoir mangé un, on puisse cracher du feu. Stéphanie vit avec son mari, leur chien et leur chat en Floride centrale. Apprenez-en plus sur Stéphanie à www.AlfieAndFriends.com.

À propos de l'illustratrice:

Taryn Dufault est une illustratrice de livres pour enfants qui est spécialiste en illustrations de livres et de matériaux éducationnels. Elle est connue pour ses contributions aux séries "Ready to Write". Lorsqu'elle n'illustre pas, Taryn enseigne les techniques de peinture et de dessin à des jeunes artistes. Elle vit à Orange, en Californie, avec son mari, leur fille, leur chien et leur chat.

Made in the USA
Lexington, KY
20 November 2014